En souvenir

de

M. E.-C.-G. de Langenhagen

Émile-Charles-Guillaume de LANGENHAGEN

1861-1900

DISCOURS

PRONONCÉS AUX OBSÈQUES

DE

M. Émile-Charles-Guillaume de LANGENHAGEN

Le 6 février 1900

DISCOURS DE M. LE PASTEUR NYEGAARD

Le prophète Ésaïe, fils d'Amots, dit à Ézéchias :
« Ainsi parle l'Éternel : Mets ordre à ta maison,
« car tu vas mourir! »   (Ésaïe xxxviii, 1.)

MES FRÈRES,

Nous sommes réunis dans ce Temple pour
rendre les derniers devoirs à la dépouille mortelle
et à la mémoire de M. Émile-Charles-Guillaume
de Langenhagen-Mégnin, né à Saar-Union, le
9 janvier 1861, décédé à Nancy le 3 février 1900,
à l'âge de trente-neuf ans.

Il y a, dans la mort de M. Charles de Langenhagen, suivant de si près celle de son père et
de sa mère, quelque chose de tragique qui nous
a tous frappés de stupeur. — Il y a seize mois
à peine, M. et Mme de Langenhagen-Pélissier et
leur fils unique, M. Charles de Langenhagen-
Mégnin, étaient encore pour nous des amis vivants
et présents, que nous savions pouvoir trouver
chez eux en allant sonner à leur porte, auxquels
nous pouvions parler et qui nous répondaient ;

et aujourd'hui, c'est fini ; l'un après l'autre, à quelques mois d'intervalle, tous les trois sont partis pour ne plus revenir ; nous n'entendrons plus leur voix ; nous ne serrerons plus leur main ; notre regard ne rencontrera plus le leur !

Il y a seize mois, cette belle industrie fondée par M. de Langenhagen père, dont la prospérité intéresse si directement la subsistance de cent cinquante familles d'ouvriers à Nancy, sans parler de celles d'Alsace qui gagnent également leur pain quotidien en travaillant pour le compte de la même fabrication, cette grande manufacture avait deux chefs. — Aujourd'hui, elle n'en a plus.

Il y a seize mois, la demeure familiale du faubourg Saint-Jean était encore, pour notre ami, la maison paternelle, où ses chères petites filles trouvaient chaque jour l'accueil le plus tendre de la part de l'aïeul et de la grand'mère qui les chérissaient. Tout à coup la maison était devenue maison de veuve — puis, quelques semaines plus tard, maison vide, triste et silencieuse. — Elle allait se rouvrir prochainement, recevoir son nouveau chef, redevenir une maison paternelle. Aujourd'hui, le père manque de nouveau, et c'est la vaillante mère, devenue veuve à son tour, qui va essayer, à force d'amour, de dévouement et de fermeté maternels, de rendre aux deux orphelines une partie de ce qu'elles ont si cruellement perdu !

La perte est infiniment grande, car notre ami, après avoir été le modèle des fils, était devenu aussi bon mari qu'excellent père. — M. Charles de Langenhagen avait des sentiments élevés : de nature très impressionnable, sa sensibilité était extrême, au point de le rendre un peu timide, un peu trop défiant de lui-même. — Beau défaut, si c'en est un, à une époque où beaucoup d'hommes ont trop bonne opinion d'eux-mêmes et où l'humilité chrétienne est devenue la plus rare de toutes les vertus, mais dont notre ami dut plus d'une fois souffrir, car il avait conscience de ses devoirs, de cette responsabilité qui pèse aujourd'hui plus lourdement que jamais sur les patrons, quand ils ne se bornent pas à vouloir gagner le plus d'argent possible, quand ils ont à cœur d'être justes et bons pour tous leurs collaborateurs, sachant que Dieu leur demandera compte de la manière dont ils auront contribué, sinon à résoudre les questions sociales, du moins à en adoucir l'amertume.

Pour M. Charles de Langenhagen cette responsabilité devant Dieu n'était pas, j'en suis sûr, une vaine formule, car il était croyant, et si la trop courte durée de son patronat effectif ne lui a peut-être pas permis de réaliser toutes ses bonnes intentions à cet égard, Dieu, qui lit dans les cœurs, a dû trouver dans le sien de nobles préoccupations et de généreux projets. — Il semblait d'ailleurs que M. Charles de Langenhagen dût avoir largement le temps de mettre tous ses beaux rêves à exécution, car il avait à peine trente-neuf ans, quand la mort vint le frapper brusquement, après quelques jours de maladie!

Grande leçon, mes Frères, que Dieu nous donne à tous par l'avertissement de cette fin si prématurée, si douloureusement imprévue, et qui doit nous obliger, pour peu que nous sachions la comprendre, à suivre le sage conseil que le prophète Ésaïe donnait au roi Ézéchias le jour où il lui dit : « *Ainsi parle l'Éternel : Mets ordre à ta maison, car tu vas mourir !* »

Il ne s'agit point, mes Frères, vous le sentez,

de la nécessité qui s'impose, au point de vue matériel, de mettre ordre à nos affaires terrestres, afin d'épargner à ceux de nos bien-aimés que nous laisserons après nous tous les soucis, toutes les difficultés qu'il dépend de nous de leur éviter. Ce ne serait guère le moment ni le lieu d'insister sur ce côté particulier de la préparation à la mort. — Observez seulement que si tant de personnes diffèrent de remplir ce devoir essentiel de prévoyance, négligent de s'assurer sur la vie et ajournent sans cesse à plus tard le soin de rédiger leur testament, c'est uniquement parce que la pensée de la mort les effraie et qu'elles essaient, en l'écartant, de bannir aussi loin que possible l'image importune, obsédante, de ce redoutable visiteur que l'Écriture sainte appelle « le roi des épouvantements ».

Mettre ordre à nos affaires temporelles, chacun de nous s'y résignerait, à la rigueur ; mais mettre ordre à nos affaires éternelles, faire le bilan de nos dettes envers notre prochain et envers Dieu, reconnaître l'insuffisance absolue de notre avoir en mérites et en bonnes œuvres, confesser que nous ne pouvons assurer notre âme contre le danger de la condamnation méritée par tous nos péchés qu'à la condition d'accepter le pardon gratuit que Dieu nous offre en Jésus-Christ et de réparer, du mal que nous avons commis, tout ce qui peut encore se réparer, voilà ce qui coûte à notre orgueil, voilà ce que nous craignons et qui fait que nous n'osons pas regarder la mort en face.

Mais nous avons beau en détourner la vue, Dieu qui nous aime et qui veut nous sauver, « *Dieu qui a tant aimé le monde qu'Il a donné son Fils unique afin que quiconque croit en Lui ne périsse point mais qu'il ait la vie éternelle* », Dieu, dis-je, nous ramène sans cesse, comme par la main, devant le spectacle de la mort et alors même que nous fermerions les yeux pour ne pas le voir, Il nous parle assez haut pour nous forcer à entendre, devant une tombe soudainement ouverte, le « *tu vas mourir* » du prophète.

Oui, bientôt vous allez mourir, vieillards chargés d'années, qui vous étonnez de survivre à tant de compagnons de votre jeunesse et de votre âge mûr, et qui pourtant n'avez peut-être pas encore su « mettre ordre à votre maison » ! — Et vous aussi, jeunes gens qui vous imaginez que la vie est si longue et qui vous étonnerez un jour de la trouver si courte, quand vous en toucherez l'autre extrémité — si toutefois Dieu vous en laisse le temps, car vous devriez bien savoir, instruits par tant de cruelles expériences, que les morts subites, les maladies foudroyantes et les accidents mortels frappent sans cesse autour de nous les coups les plus terribles, sans avoir égard à l'âge de leurs victimes. — Pourquoi, ô pourquoi? ne mettriez-vous pas « ordre à votre maison » pendant qu'il est dit aujourd'hui, puisque demain ne vous appartient pas et que, d'ailleurs, là où Jésus-Christ rétablit l'ordre, dans la pensée, dans la conscience et dans le cœur, il y a tant de paix, tant de joie et tant d'espérance?

Oui, tant d'espérance! C'est sous l'impression de cette promesse et de cette consolation que je voudrais vous laisser, chers affligés, famille en deuil : votre bien-aimé disparu se réjouissait de reprendre bientôt sa place dans la vieille maison paternelle, rajeunie et agrandie, et de vous y introduire avec lui. — Dieu, dans sa sagesse insondable, en a décidé autrement. Il l'a fait entrer dans la vraie maison paternelle, dans la maison définitive, dans la demeure du Père Céleste, où il vous introduira un jour à votre tour, pour n'être plus jamais séparés ! « *Car*, dit saint Paul, *si cette tente où nous logeons sur la terre est détruite, nous avons, dans le Ciel, un édifice qui vient de Dieu, une maison éternelle qui n'a pas été faite de main d'homme !* »

Amen.

DISCOURS DE M. A. DUBOST

DIRECTEUR DE LA MAISON DE LANGENHAGEN

Pour la troisième fois depuis si peu de temps, nous voici réunis devant cette tombe, pour adresser un dernier adieu à notre jeune et regretté chef, qu'une mort soudaine vient nous ravir dans la force de l'âge.

Il n'aimait pas les discours, ni les manifestations bruyantes ; cependant nous ne pouvons le quitter sans dire tout haut combien nous le regrettons.

Courageusement il avait accepté de continuer la tâche de son vénéré père.

Il avait su, par son affabilité et son excellent cœur, se concilier rapidement le respect et l'affection de tous.

Notre vive émotion devant cette tombe prouve la sincérité de notre peine ; nous lui étions dévoués, et sommes consternés de le voir disparaître quand nous espérions, au contraire, l'avoir avec nous pendant de longues années encore.

Du fond de notre cœur, nous nous associons à l'immense douleur de Madame de Langenhagen-Mégnin et de ses chères fillettes, car nous sentons la perte irréparable qu'elles font; puisse notre attachement atténuer si possible leur affliction.

Au nom des employés, ouvriers, ouvrières de vos usines de Nancy et de Saar-Union,

Adieu, cher ami, reposez en paix!

ALLOCUTION DE M. LE PASTEUR LIEBRICH

A SAAR-UNION, LE 18 FÉVRIER

> Der Tod ist verschlungen in den Sieg! Tod wo
> ist dein Stachel? Hölle wo ist dein Sieg? Gott sei
> Dank der uns den Sieg gegeben hat, durch unsern
> Herrn Jesum Christum.   (I. Con. 15, 55.)

WERTHE TRAUERVERSAMMLUNG!

Vor etwa anderthalb Jahren waren wir in gleicher trauriger Angelegenheit hier versammelt um einem hiesigen Bürgerskind das am 5. Oktober 1898 in Nancy gestorben war, einen ehrenden Nachruf zu widmen. Seitdem war auch dessen Gattin, eine geborene Pélissier, im März des vergangenen Jahres ihrem Gatten nachgefolgt.

Wer hätte gedacht dass der einzig überlebende Sohn seinen Eltern so bald nachfolgen würde? Von Weihnachten bis Neujahr weilte er noch in unserer Mitte, um vorübergehend selbst seinem Geschäft vorzustehn. Da ereilte ihn die Krankheit welche anfangs Februar seinem irdischen Dasein ein schnelles und frühes Ende bereitete. Kaum 39 Jahre alt hat der allmächtige Herr über Leben

und Tod Herrn Charles-Guillaume von Langenhagen von der Seite einer jungen Gattin und zweier
Töchterchen abgerufen. Wer nähme nicht innigen
Antheil an deren Leid? Wer weinte nicht von
Herzen mit den Weinenden? Wie ein Erdbeben
hat dieser Tod eines Hauses Herrlichkeit in Trüm-
mer voll Traurigkeit gelegt.

Wie ein Sturmwind muss es auch über alle die
welche mit diesem Hause in freundschaftlicher
oder geschäftlicher Beziehung standen dahinge-
zogen sein, manches Haupt zur Erde beugend.
Kunden, Angestellte, Arbeiter und deren Fami-
lien, deren Glieder sich zu tausenden zählen, mö-
gen nicht ohne bange Sorge, als die Kunde zu
ihnen drang, auch der junge Herr von Langenhagen sei nicht mehr, sich gefragt haben : was
wird nun werden? Wird unser Flechtstuhl nun
ruhen müssen? Wo werden wir die vielen Gro-
schen hernehmen die wir bisher aus diesem Hause
bezogen?

So hat der Todesfall der neulich in Nancy ein-
getreten, seine Kreise gezogen, viel weiter noch
als man von hier oder dort aus überschauen kann.
Namentlich auch in hiesiger Stadt, wo so manche

Familie ihr tägliches Brod, ihre Existenzfähigkeit aus der Fabrik zog die nun ihren Herrn verloren hat, wird man nicht ohne Sorge der Zukunft entgegensehn, da das Eingehn der Fabrik verhängnissvolle Folgen für die Stadt haben könnte die sich nicht eines Ueberflusses von Prosperität zu erfreuen hat.

Doch dem sei nun wie es wolle! Wir stehn vor einer unabänderlich traurigen Thatsache, und es bleibt uns nichts übrig als uns zu demüthigen unter die gewaltige Hand Gottes, damit er uns wieder erhöhe zu seiner Zeit! Es kommt alles von ihm, Glück und Unglück, Leben und Tod, Armuth und Reichthum! Seine Gedanken sind nicht unsere Gedanken und unsere Wege sind nicht seine Wege; sondern so viel der Himmel höher ist als die Erde, sind seine Gedanken höher denn unsere Gedanken und seine Wege höher denn unsere Wege. Auch weiss er wohl was er für Gedanken über uns hat; Gedanken des Friedens und nicht des Leides. Was er an uns thut verstehn wir nicht gleich; wir werden es aber dermaleinst erfahren: denn sein Rath ist wunderbar, Er führet alles herrlich hinaus.

Die Bedauernswerthesten sind nicht die Angestellten, die Arbeiter; denn ein so blühendes Geschäft kann nicht von heute auf morgen untergehn : es wird auch ferner Arbeiter brauchen und Arbeitern Brod geben! Die Bedauernswerthesten sind die Gattin und die Kinder, die ihre irdische Stütze verloren haben. Mit ihnen trauern wir. Für sie bitten wir heute Gott : Er wolle ihr Trost und ihre Stärke sein und an ihnen thun nach den Worten : Gott zürnet nicht ewiglich, Er erbarmet sich auch wieder : Er legt uns eine Last auf aber er hilft uns auch! Er helfe namentlich dass neue Liebe, neue Treue, neuer Fleiss, alle Angestellten und Arbeiter des trauernden Hauses erfülle, dass nicht bei den Hinterbliebenen zu der Traurigkeit über den schweren Verlust, sich noch die Bitterkeit geselle über die Untreue derer die aus dem Hause Vortheil gezogen.

Doch es steht ja kaum letzteres zu befürchten, da die Freundlichkeit und das Wohlwollen des theuern Dahingeschiedenen noch lange in gutem Andenken bleiben wird.

Für uns selbst wollen wir alle wieder aus diesem Trauerfall die heilsame Erinnerung mit ins

Leben nehmen : es ist gut auf den Herrn vertrauen und sich nicht verlassen auf Menschen. Bei uns Menschen heisst es gar oft : heute roth, morgen todt. Der ewige Gott aber bleibt unsere Zuflucht für und für. Es sollen wohl Berge weichen und Hügel hinfallen, aber die Gnade des Herrn währet von Ewigkeit zu Ewigkeit über die so Ihn fürchten und seinen Bund halten dass sie darnach thun. Darum, ob wir schon wanderten im finstern Thale, fürchten wir kein Unglück; der Herr ist bei uns, sein Stecken und sein Stab trösten uns: Der Tod ist verschlungen in den Sieg! Gott sei Dank der uns den Sieg gegeben hat durch unsern Herrn Jesum Christum.

Herr, lehre uns allezeit thun nach deinem Wohlgefallen! Dein guter Geist führe uns allezeit auf der rechten Tugendbahn, dass unser Ausgang aus dieser Welt, ein Eingang in deine Ewige Herrlichkeit werde. Amen.

EINIGES AUS DEM LEBENSLAUF

Herr Charles-Guillaume von Langenhagen wurde dahier geboren am 9. Januar 1861, als

ehelicher Sohn von Charles von Langenhagen und
von Juliette Pélissier. Er genoss eine treffliche
Erziehung und Bildung, ward von der französi-
schen Regierung als Delegirter zu der Ausstellung
in Chicago geschickt und machte die Reise dahin
auf dem seitdem durch seinen schrecklichen Un-
tergang traurig berühmt gewordenen französi-
schen Schiff « die Bourgogne ». Er war auch
bereits bezeichnet um in der nächsten Pariser
Ausstellung als Delegirter zu funktioniren. Nun
hat der Tod ihn an der Erfüllung dieser Aufgabe
verhindert. Nur 39 Jahre und etwa einen Monat
alt ist er aus dem Kreise seiner Lieben und seiner
irdischen Wirksamkeit abgerufen worden.

Wir wünschen dem verewigten Ruhe und Frie-
den im Grabe und am Tage des Herrn eine fröh-
liche Auferstehung. Amen.

www.ingramcontent.com/pod-product-compliance
Lightning Source LLC
Chambersburg PA
CBHW061748180626
46818CB00006B/2800